Muertos de susto

Leyendas de acá
y del más allá

Nidos
para la
lectura

ALFAGUARA

W

de susto

Leyendas de acá
y del más allá

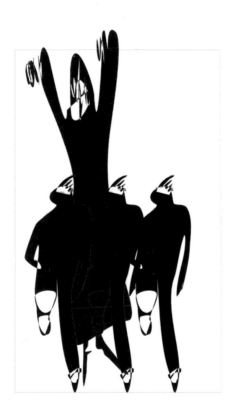

Selección y adaptaciones de
MARÍA FERNANDA PAZ-CASTILLO

Ilustraciones de María Osorio

Título original: *Muertos de susto*
© 2006, Distribuidora y Editora Aguilar, Altea, Taurus,
Alfaguara, S.A.
Calle 80 No. 10-23
Bogotá – Colombia

© Selección y adaptaciones:
María Fernanda Paz-Castillo, 2005.
© De las ilustraciones: María Osorio, 2005.

Diseño de la colección: Camila Cesarino
Composición de interiores y cubierta: Vicky Mora

Nidos para la lectura es una colección dirigida por
Yolanda Reyes para el sello **Alfaguara**.

Primera edición en Colombia: abril de 2005
Primera reimpresión de la segunda edición: julio de 2007
ISBN: 978-958-704-450-8
Impreso en Colombia por Legis S.A.

A los lectores...

El mayor placer de saber leer es
poder aventurarnos, bajo nuestra
cuenta y riesgo, por el mundo de los
libros y tener la libertad de elegir cuánto leer
cada noche, antes de apagar la luz. Por eso *Muertos de susto*
está hecho a la medida de los que ya se atreven solos... o bueno,
con los amigos.

Porque es hora de decirlo: estas leyendas no son aptas para
hermanitos menores. A veces hacen temblar y a veces producen una
mezcla extraña de susto y risa nerviosa. Pero llega una edad en la
que ya no queremos tenerle miedo al miedo. Y nada mejor que una
leyenda para arriesgarnos a ser valientes.

Eso lo sabe la escritora venezolana María Fernanda Paz-Castillo,
quien recogió las historias más miedosas que la cautivaron desde
niña. Como ella misma relata, en todos los países se conservan
antiguas leyendas que antes se contaban a la luz de una hoguera o
en noches de luna llena. Entonces no había luz eléctrica y la gente
se sentaba muy apretada en un círculo para sentirse un poquito
más segura. Ese extraño placer de asustarse pero seguir hechizado
escuchando es tan viejo como la humanidad. Quizá por ello las
leyendas fueron transmitiéndose de generación en generación hasta
llegar a los libros de hoy.

Para tranquilidad de los lectores, los sustos están organizados en tres
tiempos, de modo que los más tenebrosos se lean por la mañana.
Pero si cae la noche y el miedo sigue acechando, existen los
viejos trucos de siempre: dormir con la lamparita encendida, salir
corriendo a otra cama o, en último caso, cerrar el libro. También
puede suceder que estas historias de miedo hagan recordar muchas
más. Cada cual sabe las suyas. ¡Quién sabe por qué será!

Las ilustraciones entre susto y susto son fuera de lo común. Con
un estilo muy personal, María Osorio decidió traer esas remotas
presencias hasta los tiempos de hoy. Sus toques de rojo y negro
brillan en la oscuridad. Pero ya no digo más...

YOLANDA REYES
Directora de la colección

Para Fernando, mi papá,
el mejor cuentacuentos del mundo.
Y para Álvaro, porque cuenta como nadie
las historias que me asustan…

AGRADECIMIENTOS

Un libro nunca es una obra individual y, por eso, quiero
agradecer a todas las personas que no sólo compartieron
conmigo el momento de la investigación y selección,
sino que también leyeron y releyeron todas estas
leyendas. Mis agradecimientos van, pues, dirigidos a
Jeffrey Cedeño, Yolanda Reyes, Beatriz Helena Robledo
y Álvaro Sánchez.

Sustos en tres tiempos

1 Sustos para la mañana

2 Sustos para el atardecer

3 Sustos para la noche

1 Sustos para la mañana

A la luz del día y en buena compañía, los sustos
que vienen te ofrecerán aterradores momentos.
Puede ser que duren hasta medianoche...
Por eso los cuento al comienzo.

La Chillona
Leyenda nórdica

Éste era un pueblo diferente de los demás: no tenía más de cuarenta casas y dos calles, pero lo curioso era que una de las calles atravesaba perpendicularmente a la otra y eso le daba al pueblo la asombrosa forma de una cruz.

En ese pueblo vivía una anciana de la que se contaban las peores cosas: que había matado a un hombre que quería casarse con ella, que un día le había quitado los dulces a una niña pobre, que trataba mal a todo aquel que se acercara a pedirle un poco de pan, y que hasta era capaz de lanzar aceite caliente a quien osara golpear la enorme puerta de su casa. Pero eso no era todo, pues además la anciana dejaba a sus empleadas sin comida cuando no le obedecían, aunque se murieran de hambre.

En aquel extraño pueblo en forma de cruz, con no más de cuarenta casas y sólo dos calles, cuentan también que una vez la malvada mujer descubrió a una de sus

criadas metiendo el dedo en una torta recién horneada. Su disgusto fue tan grande que la golpeó y la golpeó con lo primero que tuvo a mano: nada más y nada menos que una pesada lámpara. La criada quedó tumbada en el piso, muerta.

La anciana se encontraba en un gran apuro. Tenía que desaparecer el cuerpo antes de que alguien se diera cuenta y la acusara. Así que decidió esconderlo en un frondoso bosque cercano a su casa. Pero un vecino descubrió el crimen y la mujer fue llevada a la cárcel. Como la descarada no se sentía culpable y le parecía injusto todo lo que le pasaba, desde su celda lanzaba espantosos chillidos que se oían en cada una de las cuarenta casas de aquel pueblo. Hasta que de tanto chillar y chillar enfermó gravemente y murió.

Pero no crean que la Chillona dejó de chillar, pues siguió perturbando la paz del lugar. Desde la misma noche de su muerte se escucharon los chillidos en la casa que habitaba. Eran chillidos que helaban la sangre hasta del más valiente:

—¡Ay, ay! ¿Quién se apiadará? ¡Ay, ay, ay de mí! —chillaba y chillaba de noche y de día.

Una tardecita llegó al pueblo un viajero que venía de tierras lejanas. Eran tan lejanas que su hogar quedaba en otro continente. El viajero se detuvo a descansar en una posada y, mientras tomaba un vaso de agua, escuchó la historia de la Chillona. Por supuesto, no creyó nada de lo que oía y lo atribuyó a la desbordada imaginación de la gente del pueblo. Para hacerse el valiente —aunque tenía ciertas dudas— propuso:

—Acabaré con esa anciana chillona si me dan una re-compensa.

Y como todos los presentes le tomaron la palabra y se desvivieron en ofrecimientos, el hombre se mudó a la casa de la Chillona, llevando consigo, por si acaso, una enorme bolsa. La primera noche que intentó dormir allá comenzó a escuchar los chillidos y las lamentaciones de la desgraciada:

—¡Ay, ay! ¿Quién se apiadará? ¡Ay, ay, ay de mí!

Cuando el hombre se acercó al lugar de donde salían aquellos horrendos chillidos, se topó con la espantosa cara de la vieja, y le dijo:

—Anciana, nadie aguanta tus chillidos, ¿serías tan amable de callarte?

Pero la Chillona, terca como una mula, siguió:

—¡Ay, ay! ¿Quién se apiadará? ¡Ay, ay, ay de mí!

El hombre estuvo a punto de enloquecer con aquellos chillidos, y se dijo: "Por las buenas no hay cómo callarla, así que lo intentaré de otra manera". Sin pensarlo y sin demora, tomó la bolsa y metió allí a la Chillona, que ya atrapada parecía una bestia recién enjaulada. La sacudió tantas veces como pudo, hasta que la anciana se mareó y no chilló más. Con la bolsa en sus manos, el hombre se fue al río más cercano y la lanzó en las turbias y oscuras aguas, tan lejos como se lo permitieron sus fuerzas. Contó lo sucedido en el pueblo, recibió todas las recompensas y, antes de irse, les dijo a todos:

—Les aseguro que la Chillona no molestará nunca más después del escarmiento que le di.

Pues bien, aunque les cueste creerlo, la historia no acaba aquí. La Chillona todavía molesta a los habitantes del pueblo y no hay nada que la calle. Basta con acercarse al río para escuchar sus aterradores chillidos:

—¡Ay, ay! ¿Quién se apiadará? ¡Ay, ay, ay de mí!

Y dicen que hay más. Porque cerca de aquel río están las mejores plantaciones de frutas, pero cuando alguien toma una y la abre resulta que está vacía. También ocurre que si uno ve de lejos los árboles, parecen estar llenos de manzanas, pero éstas desaparecen misteriosamente cuando alguien quiere recogerlas.

Cuentan que si un valiente se atreve a bañarse en el río, tal vez nadie lo vuelva a ver nunca jamás, porque la anciana tirará de sus piernas hasta que se hunda... Y del valiente sólo quedarán los zapatos flotando en la superficie.

¡Ay, ay!... ¿Sí será verdad?

El invitado del más allá

Leyenda española

Hace mucho, mucho tiempo, en un lujoso palacio vivía un joven apuesto y con gran fortuna. Aunque sólo hablaba con sus criados, todos en el pueblo sabían de la vida que llevaba: le gustaba festejar, cometía locuras y toda clase de desmanes, decía disparates y asustaba a quien se le atravesara.

Una calurosa tarde de verano el joven paseaba por un bosque cercano a su casa. Recorría los verdes campos, respiraba el aire puro, escuchaba el cantar de los pájaros, pero como sólo quería vivir de sobresalto en sobresalto iba planeando una fechoría.

De repente vio en el suelo una calavera humana que contrastaba con el verde campo. Temerario e irrespetuoso, el joven se acercó a ella y le dio una patada que la hizo rodar. Luego siguió caminando y la pisó sin siquiera detenerse a mirarla. En ese momento volteó para tomar el camino de regreso, pero antes dijo:

—Calavera, te espero esta noche en mi casa para que cenemos juntos.

De más está contarles que lo hizo a modo de chanza, y cuál no sería su sorpresa cuando la calavera le respondió con una voz que parecía venir del infierno:

—Claro que iré a cenar contigo esta noche.

Asustado y tembloroso, el joven se marchó pensando en la muerte y en la existencia despreocupada que llevaba.

Sentía algo desconocido y estaba angustiado por todas las maldades que había hecho en su vida. Pensando en ello y en otros asuntos fue a visitar al cura. Con él habló de todas sus preocupaciones, lloró inconsolablemente, y ya cuando iba a despedirse le contó de aquella calavera. El cura lo escuchó con atención hasta el final, luego fue a su cuarto y regresó con un pañuelo rojo que envolvía algo al parecer de mucha importancia. Se acercó al joven, puso en sus manos el pañuelo y le dijo:

—Puedes irte tranquilo, porque con esto nada ni nadie en el mundo podrá hacerte daño.

Cuando el joven desató el pañuelo, supo que tenía entre sus manos nada más y nada menos que un trozo de la cruz de Nuestro Señor Jesucristo. Así que se fue confiado y sereno pensando que ya no tendría preocupaciones.

El camino de regreso a su palacio fue tranquilo y largo, tanto que en un abrir y cerrar de ojos el día se convirtió en noche oscura. Al entrar por la enorme y pesada puerta cruzó algunas palabras con su criado de más confianza e inmediatamente se puso a leer, cosa extraña en él porque nunca tenía tiempo para dedicarse a esos asuntos... Pero esa noche todo parecía distinto.

A los pocos minutos, cuando escuchó fuertes golpes en la puerta del palacio, el joven pidió al criado que atendiera la llamada. Nada se sabe de lo que pensó el criado, pero el joven, desde su biblioteca, oyó esa voz de ultratumba que jamás olvidaría:

—Dile a tu amo que he venido por la invitación que me hizo esta tarde.

—Hazlo pasar —le ordenó el joven al criado.

Por la puerta apareció aquella calavera que, acompañada por una docena de huesos, encabezaba el más deforme de los esqueletos. El criado la seguía, callado como nunca, con las piernas temblando y con un susto que casi lo hacía desmayar. Cuando aquel amasijo de huesos se paró frente al joven, éste se sintió tentado a huir despavorido, pero tomó en su bolsillo el trozo de la cruz de Nuestro Señor Jesucristo y se tranquilizó.

Ambos se saludaron de mano, como buenos caballeros. Inmediatamente el joven le pidió al esqueleto que tomara un lugar en la mesa, justo a su lado, lo que resulta poco creíble tomando en cuenta que el invitado no era otra cosa que un garabato de huesos, pero no estoy inventando nada: así me lo contaron.

Ante la invitación del joven, el esqueleto ni se movió pero dijo:

—La verdad es que no he venido a cenar contigo. Quiero que me acompañes a la iglesia.

Entonces se fueron, joven y esqueleto, camino a la iglesia. Y mientras tanto escuchaban una a una las campanas…

La primera… y pasaban frente a la casa de Mateo.

La segunda… y pasaban frente a la bodega del tendero.

La tercera… y pasaban frente a la escuela.

La cuarta… y pasaban frente al cementerio…

Y así hasta que sonaron las doce campanadas… Y aunque resulte increíble, en ese momento entraron a la iglesia, que curiosamente estaba abierta. En medio de la enorme nave había una mesa y, sobre ella, alumbrado con la luz tenebrosa de una vela, un gran ataúd abierto.

El esqueleto se acercó al joven y, señalando el ataúd, murmuró:

—Para que veas que soy tan caballeroso como tú, te invito a mi cena.

El joven le respondió:

—No cenaré contigo porque no quiero enterrarme vivo.

El esqueleto, con voz lúgubre, crujir de huesos y chirriar de dientes, pronunció en tono amenazador:

—Si no fuera por el trozo de la cruz de Nuestro Señor Jesucristo que llevas encima, te obligaría a entrar en mi ataúd y te quedarías ahí dentro hasta el final de tus días. Has irrespetado mis huesos, y cuando me invitaste a cenar lo hiciste para embaucarme, pero nunca imaginaste que te tomaría la palabra. ¡Te has burlado de mí y de todo el mundo, de la misma manera en que ahora me burlo yo de ti…!

De repente, de aquel saco de huesos salió una carcajada que tuvo eco en toda la iglesia; el esqueleto regresó a su ataúd y el templo quedó sumido en un silencio sepulcral.

De regreso a su palacio el joven pensó que el esqueleto tenía razón; así que juró, mirando al cielo y apretando lo más que podía aquel trozo de la cruz de Nuestro Señor Jesucristo, que jamás volvería a burlarse de los restos de un mortal. Al llegar cenó y luego sostuvo una larga conversación con su asustado criado, que había decidido no salir nunca más de la cama.

Y esto es verdad y no miento.

Y como me lo contaron lo cuento.

La misa de los muertos

Leyenda francesa

Quienes cuentan esta leyenda dicen que sucedió en un pueblito perdido entre montañas gigantescas y acantilados que daban al mar un aspecto caprichoso. Allá vivía Antonia, una mujer a quien se le había muerto su querido esposo. Ella lo recordaba todo el tiempo y por eso cada año pedía al cura del pueblo que hiciera una misa en memoria suya.

Como este año no era distinto de los otros, el día antes de la misa Antonia recordó a todos sus vecinos el magno acontecimiento. Pasaba frente a las casas, golpeaba la puerta y decía:

—Ya mañana es la misa de Manuel, me encantaría que vinieran.

Antonia repitió lo mismo muchas veces, así que llegó cansadísima a su casa y se quedó dormida sin quitarse los zapatos. Nunca se despertaba a medianoche, pero curiosamente esa noche se despertó. No sabía bien qué hora era y como desde la ventana de su cuarto se veía una gran parte del pueblo, se asomó para distraerse un poco. Al ver luces en la iglesia la viuda se levantó, se puso su traje negro y salió rumbo al templo. No se encontró con nadie y eso le pareció un poco extraño, pero pensó que la causa de ello era que cada día veía menos.

Entró a la iglesia, tomó agua bendita y se sentó. Durante unos segundos se quedó dormida pero recordó que estaba en la casa de Dios. Entonces como el cura no había salido aún, se puso a mirar detenidamente a su alrededor y se encontró con desconocidos.

"Qué extraño... no reconozco a nadie y eso que nací en este pueblo. ¿Quién será esa mujer sentada en aquella esquina? ¿Y aquel hombre pequeño medio regordete? Y esa niña, ¿de quién será hija? Y esa mujer... ¡cómo se atreve a vestirse de rojo en la misa de Manuel!", pensaba Antonia. Y así continuó examinando a todo el mundo, hasta que apareció el cura y entonces ella dedicó toda su atención a la misa (¡era lo menos que merecía su querido Manuel!).

A medida que avanzaba la ceremonia, pasaron cosas rarísimas: el sacerdote tocó una campanilla —sí la tocó, porque Antonia lo vio, con todo y que estaba medio

ciega– pero la campanilla nunca sonó. Además, cuando llegó el momento de cantar el Ave María, todos se levantaron y movieron los labios, pero Antonia nunca escuchó nada distinto al sonido del viento que golpeaba los grandes ventanales. Luego llegó la hora de la limosna y, como no cargaba nada, entregó al monaguillo sus hermosos y enormes zarcillos, que siempre llevaba puestos desde que su mamá se los había regalado al cumplir los quince años.

Y así continuó la misa. Lo único que hacía la mujer era rezar y recordar a su querido Manuel. Después el cura la acompañó a la puerta de la iglesia, y aunque ella lo contempló detenidamente no pudo reconocerlo.

La mujer caminó hacia su casa y cuando volteó a mirar una vez más el templo, ¡qué sorpresa!, ya no había luces ni estaba el cura ni vio a ninguna de las personas que minutos antes había observado tan detalladamente. Pero Antonia no le hizo mucho caso a todo ello, y más bien apuró el paso hacia su casa. En cuanto llegó se quedó dormida, satisfecha de haberle cumplido a su querido Manuel.

Más tarde, a plena luz del día, la despertaron unos golpes en la puerta. Eran sus vecinos:

—¿Qué pasó, Antonia? Todos te extrañamos en la misa de Manuel, ¿estás enferma?

—¿Enferma? ¡Si yo estuve en la misa!

—Mujer —replicaron los vecinos—, todos venimos de la iglesia. La misa acaba de terminar y tú no estabas.

—Hablemos con el cura a ver qué dice —propuso Antonia, un tanto confundida y atemorizada.

El cura dio la razón a los vecinos y entonces Antonia contó lo sucedido:

—Padre, yo estuve en la misa. Estoy segura, aunque no reconocí a nadie, y nadie me reconoció a mí. No vi a ninguno de ustedes y eso me extrañó, pero la verdad es que lo achaqué a mi ceguera, que últimamente me juega malas pasadas. Y es tan cierto lo que cuento que dejé como limosna un hermoso y reluciente par de zarcillos.

El cura se puso serio y pensó que algo del otro mundo había ocurrido. Entraron a la iglesia y, con asombro, advirtieron que los gigantescos zarcillos que Antonia había dejado como limosna ahora se hallaban incrustados en el altar dejando ver una extraña figura. En ese momento todos comprendieron lo sucedido: Antonia había asistido a una misa con los muertos del pueblo y no a la misa de su querido Manuel.

Cuentan por ahí que desde ese día Antonia anda con un buen par de anteojos y que por nada del mundo va a misa después de las ocho.

2 Sustos para el atardecer

Cuando la luz empieza a esfumarse cae la penumbra
y, envueltos en sombras, llegan los fantasmas.
Las historias que siguen —nadie lo niega— te van
a asustar.
Pero si pudiste con los sustos de la mañanita, no
me cabe duda, también podrás con éstos que van
en la mitad.

Juan Sin Miedo
Leyenda italiana

Su apodo era Juan Sin Miedo, pero también habrían podido llamarle Juan Pobre. Cuentan por ahí que era tan valiente porque no tenía nada que perder. Era tal su valentía que entraba de noche a los cementerios y se quedaba a dormir ahí, pues era el único lugar en el que se sentía tranquilo y protegido. Jamás tuvo miedo de apariciones, demonios o de monstruos, y dicen que antes de que sucediera lo que les voy a contar había escapado hasta del mismísimo infierno. Pero ésa es otra historia.

En el pueblo donde vivía Juan Sin Miedo había un enorme y misterioso palacio. Nadie en su sano juicio entraba allí, porque era sabido que en noches de luna llena se reunían en aquel lugar todo tipo de fantasmas, apariciones y bichos para celebrar magníficas fiestas… También se sabía que en algún rincón del palacio había un tesoro escondido, pero de todos los que osaron entrar a buscarlo ni uno solo regresó con vida.

La noche más oscura del invierno de ese año, Juan Sin Miedo contemplaba el palacio y, muy decidido, entró. Abrió la puerta, atravesó varias estancias amobladas e iluminadas hasta que, al fin, encontró una magnífica mesa en la que se hallaban servidos los más suculentos manjares. Por supuesto, Juan Sin Miedo se sentó a disfrutar de cada uno de ellos, y después de haber saciado su hambre se acercó a la chimenea del comedor para calentarse un poco. Comenzó a sentir sueño, pero cuando estaba a punto de quedarse dormido escuchó una voz que venía desde lo alto de la chimenea:

—¡Allá voy! ¡Allá voy!

Juan Sin Miedo respondió de mala gana:

—¡Tira tu cabeza si quieres!

Y justo en ese instante cayó una cabeza a los pies de Juan Sin Miedo. Él no se movió y la voz dijo de nuevo:

—¡Allá voy! ¡Allá voy!

—¡Tira un brazo si quieres! —respondió sin miedo, Juan Sin Miedo.

Y al momento cayó a sus pies un brazo.

Otra vez se dejó oír la voz:

—¡Allá voy! ¡Allá voy!

—¡Tira otro brazo si quieres! —dijo Juan Sin Miedo, esta vez de mal humor.

Y cayó otro brazo y luego cayó una pierna... y después cayó la otra.

—¡Allá voy! ¡Allá voy! —repitió la voz.

—¡Tira un pie si quieres! —dijo el valiente.

Y así, una por una, fueron cayendo las partes del cuerpo. Cuando todas estuvieron en el piso se recompusieron y, ante Juan Sin Miedo, apareció un fantasma de aspecto bastante deplorable y tenebroso. Al verlo, Juan le preguntó:

—¿Qué quieres? ¿Qué haces aquí? ¿Por qué no me dejas dormir en paz?

El fantasma, sin decir nada, le puso en las manos una antorcha y con un gesto le pidió que lo siguiera. Pero Juan, que era valiente y vivo, ató a la pata de la mesa la punta de una larga cuerda, sujetó con su mano la otra punta y lo siguió.

Bajaron por una especie de pasadizo lleno de telarañas, escaleras y escondrijos espeluznantes. Entraron a una cueva iluminada con antorchas que dejaban ver una gran cantidad de diablos y espíritus infernales: hacían espantosas muecas, se quejaban y le gritaban palabras despreciables al valiente Juan Sin Miedo.

—¿Para qué me trajiste acá? —preguntó molesto Juan.

Y el fantasma respondió:

—Si quieres conocer el secreto de este palacio debes tocar la gigantesca piedra en el centro de la cueva: debajo de ella se encuentra un tesoro. Si te atreves, si eres tan valiente como dicen, serás feliz y rico por el resto de tu vida.

Juan Sin Miedo se acercó, tocó la piedra y, de pronto, todo desapareció: las antorchas, los diablos y los gritos. Quedó en medio de la oscuridad absoluta, pero como tenía sujeta la cuerda se dejó llevar por ella y así logró salir de la cueva. Todos los que habían entrado murieron de miedo y, como Juan sobrevivió a aquella aventura, el tesoro y el palacio fueron suyos. Así vivió un par de años muy tranquilo y sin miedo.

Pero no crean que la historia termina aquí.

Una noche cerrada y oscura, Juan paseaba por los jardines de su palacio. A la luz de la luna su sombra se proyectaba en el suelo. De lejos se oían aullidos de lobos y el canto espeluznante de un pájaro. Fue entonces cuando el invencible Juan se asustó tanto que echó a correr lo más rápido que pudo. Detrás de él corría su sombra, así que se desvió a ver si la confundía. Pero nada: la sombra siguió corriendo detrás... Juan se escondió entonces dentro de un tronco vacío, mas cuando se movió, también se movió la sombra...

Corrió mucho y trató de escapar por todos los medios. Y en el preciso momento en que entró a su palacio, cayó inerte en el piso.

Y así murió Juan Sin Miedo, que murió de puro miedo.

El anillo de boda

Leyenda alemana

En una región de Alemania llena de montañas altas, picudas y blancas en invierno, como si fueran osos polares, murió Adela, una mujer casada. Sucedió una tarde en que el marido regresaba de recoger leña para avivar el fuego de la chimenea y disfrutar junto a su esposa del olor a madera quemada… Para él fue un duro golpe ver a su mujer sin vida. No entendía lo sucedido, pues Adela no parecía enferma ni se quejaba de dolor alguno. Aquel pobre hombre sufrió mucho, y le costó tanto separarse de su amada que, antes de tomar la decisión de enterrarla, lo pensó detenidamente: "¿Qué hago?… No, no tengo otra salida que sepultar a Adela…".

Después de muchas dudas y de sentir toda la tristeza del mundo dispuso el entierro en el cementerio del pueblo, con todos los honores posibles: una misa ofrecida por el cura que los casó, flores rojas —que siempre fueron las favoritas de Adela— y hermosas palabras que arrancaron lágrimas a todos los asistentes. Justo en el momento en que iba a cerrar el ataúd, el hombre advirtió que su esposa llevaba el reluciente anillo de boda y se lo quitó para conservarlo, como recuerdo de los tiempos felices que habían vivido juntos. Una vez hizo esto, cerró rápidamente el ataúd y se fue camino a su casa. Allí guardó el preciado tesoro en una cajita forrada en terciopelo negro con ribetes dorados, y luego se fue a dormir.

Ya en la cama pensó en Adela y sintió un dolor muy grande en el corazón. Habían sido muy felices, no podría acostumbrarse a su ausencia. Pensando en esto y sufriendo horrores se le fueron las horas del sueño y se desveló. Como las ventanas de su cuarto estaban abiertas de par en par, de repente, estupefacto, vio en el jardín la figura de una mujer blanca, grande, hermosa y de cabellos largos, que pronto reconoció como su amada mujer.

Era tanto el miedo del hombre, que no podía mover ni el meñique, y su respiración estaba muy agitada. La blanca figura se acercó a la casa y segundos después se escucharon sus pasos al merodear por todas las habitaciones, como si estuviera buscando algo. Después de un largo rato dejó de oír ruidos y la figura espectral desapareció.

A la mañana siguiente el hombre atribuyó lo sucedido a un sueño, o a una pesadilla, y hasta pensó que podría ser obra de su imaginación. Pero por la noche volvió a ocurrir lo mismo: se desveló y como las ventanas

seguían abiertas vio otra vez la figura aproximándose a la casa. Escuchó los mismos pasos de la noche anterior, que vagaban por todas y cada una de las habitaciones. Esta vez, asustado como nunca antes, tembloroso y atacado por un pavor que no le dejaba ni pensar, creyó escuchar que la mujer le preguntaba: "¿Y mi anillo? ¿Dónde está mi anillo? ¿Por qué no tengo mi anillo?".

La tercera noche fue igual que las noches anteriores, pero ya el hombre sabía a qué venía su esposa. Así que tomó la graciosa cajita y velozmente se fue al cementerio. Una vez allí introdujo el anillo en la tumba, lo más profundo que pudo. Regresó calmado a su casa y decidió cerrar las ventanas del cuarto, por si acaso… Ya llevaba tres noches enteras sin dormir y no quería más sorpresas.

Quienes me contaron esta leyenda cuentan también que aquella mujer no se le apareció nunca más a su esposo. He aquí la historia de cómo aquel hombre enamorado comprendió que su esposa necesitaba el anillo para lucirlo en el más allá… Y así descansar en paz.

La Patasola

Leyenda colombiana

Dicen que la Patasola es uno de los personajes más temidos, y no hay nadie que no sienta verdadero pánico y no comience a temblar con sólo escuchar su nombre.

No se le conoce por un nombre distinto al de Patasola, aunque supongo que fue bautizada y tuvo un nombre de pila. Sobre ella hay muchos cuentos, pero lo que sí es cierto es que se trataba de una mujer muy hermosa y muy cruel que empleó su belleza en perjuicio de los demás, haciendo mucho, muchísimo daño, sobre todo a los hombres.

Ya sé que todos saben por qué le dicen la Patasola. Lo que no sabe nadie —y tal vez nunca se sabrá— es quién le cortó la pierna de ese hachazo que le causó la muerte y dejó a su hijo sin madre.

Desde entonces, se le ve de noche en aquellas montañas donde todo es oscuridad y silencio, salvo por la luna y el cantar de algún pájaro, y en aquellos lugares donde no hay nada de nada, ni siquiera un gusano. Al parecer, vive en compañía de uno que otro animal y no tolera los golpes fuertes, ni el sonido de un hacha, ni la caza de animales, ni los movimientos demasiado bruscos. También dicen por ahí –aunque eso no me consta– que se convierte en lo que ella desea y que puede tomar la forma de un animal salvaje o de cualquier ser inimaginable... Después lanza alaridos para que su víctima, llena de curiosidad, se aproxime. Y así, cuando por fin está bien cerca, ¡le corta la cabeza! La desgraciada busca vengarse y, a pesar de sus incontables víctimas, todavía no ha nacido quien la detenga porque, con todo y que tiene sólo una pata, ella corre veloz. Lo único que puede ayudar es una especie de rezo al que se recomienda acudir cuando tengamos sospechas de que por ahí anda la Patasola:

Jamás te hubiese dejado con una sola pata, Patasola,
porque con una sola pata, Patasola,
no puedes correr.
Patasola: déjame quieto que así no puedo jugar...
Jamás te hubiese dejado con una sola pata, Patasola,
porque con una sola pata, Patasola,
no puedes alcanzar ni a un pichón que no sepa caminar.
Jamás te hubiese dejado con una sola pata, Patasola,
porque con una sola pata, Patasola,

no puedes correr ni nadar en el mar,

porque con una sola pata, Patasola…

Es importante repetir su nombre todas las veces que podamos, porque de no hacerlo nos arriesgamos a que ella no nos deje terminar el rezo. También hay que cuidar el calzado, pues muchas de las personas que la han visto cuentan que a veces se conforma con quitar los zapatos a sus víctimas para que caminen descalzas en la selva y sus pies queden expuestos al frío y a las hormigas. Parece que ésta es la venganza que más disfruta, ¡la muy pícara!

Mas nunca se sabe qué creer o no. Cuando me contaron esta historia, me pareció de mentiritas... Conozco a mucha gente que dice haberla visto… No sé qué pensar. Yo les cuento lo que me contaron, no más.

María Mandula

Leyenda colombiana

En un lugar cuyo nombre ya casi nadie recuerda, vivía un hombre a quien le gustaba el marrano asado más que nada en el mundo: más que su esposa, más que sus hijos y más aun que ver fútbol. Era tanto y tan insaciable su gusto por el marrano asado que gastaba su dinero comprando lo necesario para prepararlo, mientras su esposa y sus hijos sufrían todo tipo de carencias. Así que ese hombre comía marrano asado en su casa aunque no hubiera leche ni pan ni juguetes... y ni siquiera vestidos.

Esa mañana, como todos los días, el hombre salió tempranito y compró el mejor marrano y el más grande del mercado. También compró las mejores verduras: pimentón, cebolla, unos tomates rojos enormes y hasta un par de dientes de ajo… (a él no le gustaba el ajo, pero unos días antes lo habían convencido de que era muy bueno para la salud).

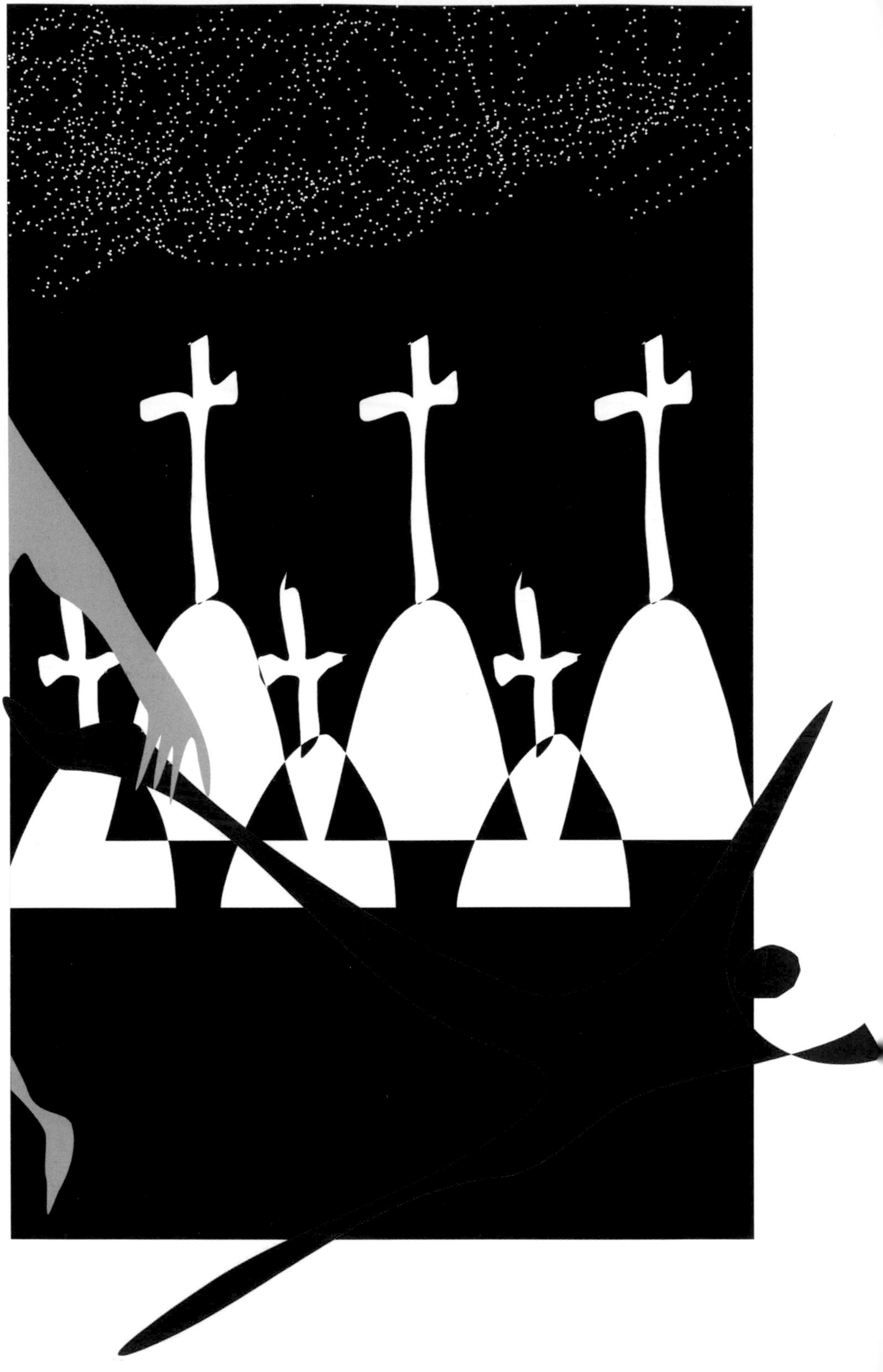

El hombre llegó a la casa con un par de bolsas pesadísimas, y como había quedado marrano asado del día anterior se dedicó a engullirlo. Se lo comió con tanto gusto que hasta olvidó que la perra Chanchita merodeaba por aquellos lados...Y, como era de esperar, la muy golosa se comió todo lo que había en las bolsas, pues a ella le gustaba el marrano tanto o más que a su amo (y como él, lo engulló todo de un tirón).

Cuando la esposa se enteró de lo sucedido casi le da un soponcio. Para no enfurecer a su esposo –que vivía, como quien dice, muerto de hambre– la mujer salió corriendo de la casa y, piensa que te piensa, entró al cementerio, que quedaba tan sólo a dos pasos. Entonces se le ocurrió la idea que la sacaría del apuro: desenterraría un muerto, lo asaría y se lo serviría al hombre en la mesa como si se tratase de su manjar favorito.

No sabía bien a quién desenterrar, pero ¡zas!, por arte de magia, apareció una tumba y, como no tenía flores, dedujo que el muerto tampoco tendría dolientes. Sin meditarlo mucho logró desenterrar un brazo y cuando llegó a su casa lo sazonó con todos los condimentos. Luego lo asó y se lo sirvió al hombre.

Como es de suponer, el marido no sólo no se dio cuenta de que estaba comiendo asado de muerto en vez de marrano, sino que alabó como nunca antes las habilidades culinarias de su esposa y le dijo:

–María Mandula, éste es el más exquisito marrano que has cocinado en toda tu vida. ¡Eres la mejor cocinera del mundo! Mañana, en vez de un marrano, compraré dos, porque uno ya me está pareciendo muy poco…

Dicen que así como el hombre estaba siempre muerto de hambre, la mujer vivía muerta de risa y con aquellas palabras del esposo rio aún mucho más… "¡Aquel comelón se tragó un muerto sin darse cuenta…!", pensaba entre carcajadas.

Pero no todo fue risas. Tarde en la noche, la mujer comenzó a oír pasos en la calle que se encaminaban a su casa y se hacían más fuertes a medida que se acercaban a la puerta. Luego escuchó golpes en la pared de su cuarto y una voz de ultratumba le dijo:

María Mandula
sacaste asaduras
de mi sepultura
por culpa de la gula.
Y como no me resigno,
vengo por mi brazo perdido.

María Mandula, que sabía lo que pasaba, quedó paralizada y aterrada. Si el comelón se despertaba, descubriría su fechoría.

Mas otra vez se repitieron las mismas palabras:

María Mandula
sacaste asaduras
de mi sepultura
por culpa de la gula.
Y como no me resigno,
vengo por mi brazo perdido.

Luego volvió el silencio, pero fue por poco tiempo. Y de nuevo María sintió el ruido de pasos, seguido de golpes en la puerta y las paredes:

María Mandula
sacaste asaduras
de mi sepultura
por culpa de la gula.
Y como no me resigno,
vengo por mi brazo perdido.

La mujer no sabía qué hacer. Pensó en salir corriendo, pero el poco valor que le quedaba no le alcanzaba para levantarse de la cama. Quiso dormirse, pero los golpes y la voz eran tan fuertes que no podía conciliar el sueño. Quiso despertar al marido, pero éste le daría una paliza que la mataría. Lo único que atinó a hacer fue echarse debajo de la cama, y al parecer aquel que la buscaba la encontró y la sacó arrastrada por los pies.

Y cuentan los que cuentan y dicen los que saben —yo no sé— que al otro día la pobre mujer apareció muerta en el patio de su casa y que, curiosamente, sólo tenía un brazo.

Así me contaron la leyenda de María Mandula, que un día sacó asaduras de una sepultura por culpa de la gula.

3Sustos para la noche

Con la oscuridad, los miedos se sienten mucho más. Sin embargo, para un experto en sustos no hay temores nocturnos (¡no, qué va!).
De todas maneras, y por si acaso, te aconsejo leer estas historias con la luz encendida.
Nunca se sabe qué pueda pasar…

El cura
sin cabeza
Leyenda panameña

No todo el mundo se topa con el cura sin cabeza, y parece ser que lo encuentra sólo quien lo busca. Dicen por ahí que su aparición es aterradora, aunque a primera vista no se note nada extraño. Pero al buscar sus ojos el susto es descomunal, porque entre cuello y sombrero lo que hay es un enorme y aterrador agujero que hace pensar en el infierno.

La gente del lugar asegura no recordarlo "vivito y coleando". Los padres y los abuelos repiten lo mismo y por eso se cree que vivió hace muchos, muchos años, quizás tantos como los que nos separan de la época de la Conquista. Quienes se lo han encontrado aseguran que él quiere decirles algo. Parece que el "sin cabeza" busca quien lo ponga en contacto con su familia española, a la que dejó atrás para venir a este continente. Aquí fue

padre misionero y encontró la muerte decapitado en el cerro Juan de Díaz, que queda cerca de un lugar llamado la Cantera (¿será por eso que siempre sale por aquellos lados?).

Poco antes de su aparición se escucha el sonido de una campana lejana que viene del más allá. Casi todas las personas ante las que se ha manifestado se desmayan por la terrorífica aparición y quedan inconscientes, hasta que alguien de este mundo les habla, aunque sea para decirles una bobería. Y es que el susto que se llevan es muy grande... ¡Cómo no!... si lo que ven es una figura enorme con una sotana negra larguísima, que deambula con una campanilla en la mano... Y en la otra lleva una carta que nadie sabe qué dice ni sabe para quién es.

El "sin cabeza" sale en todas las épocas del año, pero especialmente en Semana Santa quizás porque quiere participar en las procesiones y no puede hacerlo, pues espantaría hasta al mismísimo Cristo. Y aunque todos aquellos que lo han visto quedan aterrorizados y mudos, parece que el susto de una niña llamada Catalina no se lo ha llevado nadie más...

Catalina escuchó de sus apariciones y llena de curiosidad se fue a la Cantera. Llegó de noche al lugar y en un primer momento lo que había era silencio y soledad. Se sentó durante un rato a esperar al "sin cabeza" y nada sucedió. Luego escuchó un ruido que la puso alerta y, pasados unos minutos, apareció una gigantesca lechuza con dos grandes ojos brillantes (¡los ojos que tal vez quisiera tener el cura sin cabeza!).

Después del primer susto, nada ocurría: no se oía ni un ruido, ni volaba un pájaro, ni pasaba la más insignificante de las hormigas. Ya cansada y aburrida decidió volver a casa. Entonces, en el camino de regreso, creyó oír que por allí rondaba otro pájaro... El ruido era cada vez más cercano pero nada ni nadie aparecía, hasta que Catalina cayó en la cuenta de que se trataba, nada más y nada menos, de la campanilla del "sin cabeza".

Hasta aquí llega su historia. No ha querido contar más... Lo que después sucedió es un secreto entre ella y la aparición. Dicen que Catalina le arrebató la carta. Nadie ha podido enterarse de las palabras que ella leyó, pero se comenta que el cura busca con desespero quién le devuelva la cabeza perdida, porque la muerte le está resultando dura: no ve por dónde camina, no puede oler las fragancias y lo peor es que le hace falta la boca para comer.

La Pesanta
Leyenda española

Cuentan los que cuentan que en la aldea de Santa María de Vianya ocurren cosas insólitas a causa de la Pesanta, un híbrido de bruja y bestia fantasmal que entra en las casas y hace desastres. Todo lo que encuentra lo rompe, todo lo que está encima de las mesas y de las camas y de las sillas lo tira al piso, como si descargara su rabia en los pobres objetos. Dicen que no cabe duda cuando se está frente a un acto de la Pesanta, pues el caos y el desorden que deja en una casa no pueden ser obra de ningún hombre. Destroza la ropa, las puertas las vuelve añicos, se come todos los dulces, y deja tan inservibles los muebles que ni el mejor carpintero del mundo logra arreglarlos después. No ha nacido un ser humano que pueda reparar lo que daña la Pesanta.

Sin embargo, lo que cuentan hasta ahora está empezando... Porque además, cuando la Pesanta entra a una casa, tiene el poder de saber cómo son las personas

que la habitan, y si llega a encapricharse con alguien, ¡pobre víctima!

Mientras la criatura trata de conciliar el sueño, la Pesanta descarga sobre ella su enorme peso sin dejarle más remedio que quedarse quieta, esperando y esperando, hasta que a esa pesada le dé por marcharse.

Dicen los habitantes de Santa María de Vianya que hace muchos, muchos años, la Pesanta se encaprichó con una joven a cuya casa había ido a hacer destrozos. Esa misma noche, mientras trataba de conciliar el sueño, la joven sintió sobre ella un peso descomunal que la ahogaba. Le sucedió varias noches, hasta que la madre, desconcertada, decidió llevarla al médico del pueblo. Después de hacerle muchos exámenes el médico no pudo dar con el mal. Entonces dictaminó:

—El mal que tiene su hija es pura imaginación.

Pero como la joven seguía sintiendo ese peso mortal en el pecho y como había evidencias de que algo muy extraño ocurría en la casa, la madre habló con la curandera del pueblo, que era amiga de todos los espíritus y conocía todos los remedios para conjurar cualquier mal.

La madre le contó lo sucedido en la casa y también lo que sentía la joven todas las noches, desde hacía ya tantos meses… Cuando describió el ruido de unos zuecos que se encaminaban, paso a paso, hacia la cama de la joven, la curandera entendió lo que sucedía: era la Pesanta, que quería jugarle una mala pasada y no se quedaría tranquila hasta ahogarla.

Como la curandera todo lo sabía, le dio a la madre la clave para que la Pesanta no se acercara más a su casa:

—Has de poner en la puerta un poco de mijo —dijo—. Ya verás, ¡santo remedio!

Así lo hizo la madre desde esa mismísima noche. Cada cual se acostó en su cama y, de pronto, oyeron los zuecos. Venían desde la calle y se acercaban, paso a paso, a la puerta de la casa. En ese instante era tanto el miedo que dudaron del remedio. Pero sin saber a qué horas, sin moverse y sin hablar, sintieron que los pasos seguían de largo: se alejaron, se alejaron, y tal vez fueron a dar a la puerta de otra casa…

Así sucedió esa noche y así sucedió otras más, hasta que la Pesanta se cansó y jamás volvió a pasar por la casa. Lo malo es que encontró a quién seguir molestando, y después de aquella víctima encontró otra y luego otra… y así, muchísimas más. Pero gracias a la receta de la curandera salen sanos y salvos quienes son molestados por ella.

A mí me cuesta creer que un simple puñado de mijo espante esa aparición. Mas eso es lo que cuentan en Santa María de Vianya cuando hablan de la Pesanta…

Yo sólo paso la voz: como me lo contaron lo cuento.

La Sayona

Leyenda venezolana

Aunque mucho se ha visto a la Sayona, sólo unas pocas víctimas se atreven a hablar de ella, pues es tan grande el susto que creen que con sólo nombrarla se presentará de nuevo. Y es que si la Sayona se deja ver, ya no se puede olvidar el tenebroso momento... ¿Cómo hacerlo? De lejos se divisa una hermosa mujer con una saya o falda larguísima, pero al acercarse nada en este mundo es más grotesco.

A la Sayona sólo la ven los hombres fiesteros, a los que les gusta merodear hasta tarde por las calles desiertas de la ciudad. Cuando se encuentran con la mujer, se le acercan para cruzar alguna palabra y entonces ocurre lo inesperado: la Sayona les muestra dos enormes colmillos, afilados como hachas, y diez uñas larguísimas que no pueden ser otra cosa que garras. Los noctámbulos salen corriendo tan rápido que no dejan rastro.

Cuentan que, durante la huida, algún valiente ha mirado hacia atrás, pero lo que ve es todavía más espantoso: la dientona lo sigue con los brazos abiertos como si quisiera abrazarlo. El único remedio para que desaparezca es acostarse, taparse bien los pies y rezar tres padrenuestros.

Pero eso no es todo, pues también he oído decir que ciertas veces la Sayona camina y conversa con su víctima por toda la ciudad, engañándola durante un buen rato. Y justo cuando pasan frente al cementerio desaparece dejando aterrorizado a su acompañante, quien cae en cuenta de que ha charlado... ¡nada más y nada menos que con un fantasma!

Una de las pocas víctimas que ha relatado lo que le sucedió es Juan Cachimoy, quien una noche oscura y fría caminaba por las calles de Caracas. No quería regresar todavía a casa: al fin y al cabo se trataba de un viernes y era más que justo divertirse otro poco. Camina que camina y mira que mira, vio a una mujer muy guapa que andaba con pasos lentos, justo en la acera contraria. Sin demora Juan cruzó la calle, apuró el paso y antes de alcanzarla, le dijo:

—Éstas no son horas para que camines tan sola por las calles...

Sin más, la mujer volteó y le dejó ver a Juan unos enormes colmillos, tan enormes que parecían unas dagas.

Por supuesto, a él no le quedó otra salida que correr a toda marcha, sin detenerse siquiera a pensar en lo que sucedía. Como corrió y corrió por tanto rato, se detuvo a descansar y entonces pensó con cabeza fría: "Ya es de noche y por eso estoy viendo cosas donde nos las hay... ¡Qué par de colmillos ni qué par de colmillos! ¡Yo lo que soy es un cobarde!".

Y como Juan más que cobarde era parrandero, se acercó a otra mujer que caminaba por ahí:

—No deberías andar solita por acá... ¡Si supieras lo que acabo de ver! Por estas calles ronda una mujer con unos dientes...

Y ya iba a comenzar a describirle los horrorosos colmillos, cuando la mujer lo miró fijamente y le dijo:

—¿Como éstos?

Inmediatamente le enseñó unos colmillos todavía más grandes y afilados.

Desde entonces hasta ahora, Juan Cachimoy sale de su casa al trabajo y del trabajo a su casa. Se olvidó de la parranda y de las solitarias y oscuras calles. Y como Juan se lo toma todo a chanza, jura que si se encuentra de nuevo con la Sayona va a decirle:

—¡Qué dientes tan grandes tienes!

La tumba de las tres princesas

Leyenda danesa

Cuenta una leyenda que en un país muy lejano, hace mucho pero mucho tiempo, hubo un rey que tenía tres hermosas hijas, de quienes se enamoraban todos los jóvenes del reino.

Cuando las tres princesas salían juntas, el tiempo se detenía: las manecillas de los relojes se quedaban estáticas y el viento ya no soplaba más… Si era de día el sol nunca se ocultaba, y si era de noche la luna nunca se iba. En los banquetes los jóvenes dejaban de comer y se dedicaban a recitarles los más sublimes poemas; en los bailes todos querían danzar con ellas y en los desfiles les lanzaban las flores más coloridas.

Pero las tres princesas no hablaban con nadie, no escuchaban a nadie y no bailaban con nadie que no fuera su padre el rey. Las demás jóvenes de aquel reino pensaban que eran un poco antipáticas, nada agraciadas y muy vanidosas. Mas las tres princesas sólo estaban pendientes de su padre: con él sostenían charlas interminables, bailaban durante días y paseaban a caballo por los jardines del palacio.

En este reino, rodeado de ríos y verdes valles, todos vivían felices y en paz, aunque a veces sufrían ataques de uno que otro vecino deseoso de apoderarse de aquellas ricas tierras. Pero un buen día los malhechores atacaron como nunca el reino, que estuvo a punto de caer bajo sus dominios de no ser por la asombrosa aparición de tres valerosos príncipes desconocidos. Con sus caballos y sus lanzas impidieron que los enemigos pasaran más allá del río, donde comenzaban las tierras del monarca.

Para celebrar la victoria, el rey ofreció una gran fiesta en honor de los tres príncipes que lo habían defendido. Cuando las tres princesas se enteraron de la osadía de los príncipes, se interesaron por ellos y no pudieron hacer otra cosa que admirarlos, mientras todo el pueblo pronunciaba palabras de agradecimiento. Eran unos hombres valientes ¡quizás los más valientes que habían conocido jamás!

Al día siguiente, los tres príncipes se presentaron ante el rey y le dijeron:

—Tú eres el mejor rey y tus hijas son las más bellas princesas de la región. Si estás tan agradecido con nosotros, concédenos a tus hijas en matrimonio y juraremos ante ti que la valentía demostrada en la batalla nos durará toda la vida.

El rey, tan orgulloso de sus hijas como de los tres héroes, respondió:

—Me satisface que deseen casarse con las princesas. Hablaré con ellas a ver qué piensan.

Halagado como nunca, el padre llamó a sus hijas y les hizo saber las intenciones de los tres héroes. Y las tres dijeron al mismo tiempo:

—Amado padre, aceptamos casarnos con quienes nos pretenden porque son los príncipes más gallardos que hayamos visto jamás. Seremos las princesas más felices y nunca tendrás motivos para preocuparte.

Comenzaron entonces los preparativos de las tres bodas, pero los príncipes salieron de improviso a defender el reino de nuevas agresiones. Pasaron muchas lunas y muchos soles, hasta que tres hombres que se hacían pasar por héroes se presentaron ante el rey y le manifestaron:

—Rey, no conocemos a tus hijas pero sabemos de su belleza, pues en todos los reinos vecinos no se habla de otra cosa. Hemos venido hasta acá para pedirte que nos permitas casarnos con ellas.

El rey, un tanto desconcertado y temeroso, dijo:

—Me complace que estén interesados en mis queridas hijas, aunque ya están comprometidas.

Y los tres hombres respondieron:

—Habla con ellas a ver qué piensan.

—Bien —dijo el rey—. Mañana les tendré una respuesta.

El padre habló con sus hijas pero, como era de esperar, ninguna estuvo de acuerdo con la nueva propuesta, pues sabían que sus prometidos regresarían de un momento a otro.

Así que a la mañana siguiente el rey se reunió con los tres hombres, les comunicó la respuesta de las princesas y, claro, como todo padre orgulloso, les agradeció enormemente la petición.

Los tres supuestos héroes escucharon que habían sido rechazados y al momento se convirtieron en unos energúmenos:

—Rey, tus hijas nos han roto el corazón. Volveremos a buscarlas y nos las llevaremos, ¡por las buenas o por las malas! Y de eso puedes estar tan seguro como lo estás de la belleza de las princesas.

El rey sintió miedo y pensó en ocultar a las princesas mientras sus prometidos regresaban... No, no le había gustado el odio que había visto en los ojos de los energúmenos. Por eso decidió esconderlas en una cueva situada en la más alta colina de su reino. Allí les dejó agua, la comida que más les gustaba, los libros que más leían y sus mantas preferidas para que se protegieran del frío. Y así las despidió, después de mucho llorar y de jurarles que nada pasaría.

Cuando salió de la cueva tapó la entrada con altas ramas y muchas margaritas. De más está decir todo lo que el rey sufrió… Eran sus únicas hijas, pero estaba seguro de que debía resguardarlas.

Sus miedos no eran infundados y al poco tiempo llegaron los tres energúmenos a buscar a las princesas, pero no las encontraron. Como el rey no les dijo dónde estaban lo mataron, y por más que recorrieron el reino no hallaron ni el más mínimo rastro de ellas.

Una tarde los furibundos hombres pasaron a caballo frente a la cueva, pero gracias a las ramas y a las margaritas no se dieron cuenta. Mas cuando bajaban de la colina, escucharon a lo lejos unos maullidos y de esta manera descubrieron la entrada de la cueva. Así es la vida… El rey también había encerrado al gato para que acompañara a sus hijas, y fue éste el que finalmente las delató.

Al darse cuenta de que habían sido descubiertas y sin encontrar otra salida, las tres princesas comieron de las plantas venenosas que crecían en la cueva y murieron al momento.

Desde entonces, durante las noches frías, se oye el galope desenfrenado de tres caballos y los gritos despiadados de los tres energúmenos, seguidos de los maullidos aterradores de un gato que corre detrás de ellos.

Cuentan que cuando los tres príncipes regresaron y se enteraron de lo sucedido, juraron no descansar hasta dar con los culpables. Pero nunca lo lograron. Por eso es que en el reino también se escucha, de vez en cuando, el galope de tres caballos aguerridos y el llanto desconsolado y amargo de tres príncipes enamorados.

Y dice también la leyenda que cuando hay luna llena, las sombras envejecidas de tres mujeres se dejan ver en los muros del palacio, mientras todos los habitantes del reino las miran hipnotizados.

La princesa del pantano

Leyenda irlandesa

De esta historia hace tanto, que ya nadie se acuerda, sólo yo…

Hace muchos, muchos años, tantos como los que tiene el árbol más viejo de esta comarca llena de pantanos, juncos, aguas turbias y hermosas florecitas tan chiquitas como un alfiler, existió un rey que tenía dos hijas: la princesa Fithir, de cabello rubio y rizado, y la princesa Darinee, también de cabello rizado pero negro.

El rey era ambicioso y, aunque tenía mucho poder, todavía quería más. Nada le satisfacía: vivía en el castillo más hermoso y grande de toda la comarca, pero él quería uno más grande aún; su ejército era el más valiente pero eso no le bastaba, ¡quería uno más eficaz! Sus súbditos lo amaban y respetaban pero eso no era suficiente, él quería otros vasallos; su fortuna no tenía

comparación con la de ningún otro rey, pero él quería ser más rico…

Un día, a la orilla del pantano, pensaba en todas las cosas que quería y no tenía. Cuando de pronto apareció un hada y le dijo:

—Sé que anhelas más de lo que posees. Te haré el rey más poderoso de la comarca y de todo el mundo si me entregas a tu hija, la princesa Fithir, la de cabellos dorados…

El rey le respondió:

—Pides a mi hija pero no me dices cómo lograrás lo que prometes.

Entonces el hada se acercó más todavía y le dijo:

—Te daré cuatro cosas que te convertirán en el soberano más importante de todos los tiempos. La primera de ellas es una almohada rellena de plumas del ganso más querido por las hadas, para que todo aquel que pose allí su cabeza duerma el tiempo que tú desees. También te entregaré una botella con agua del pozo más profundo del reino, para que se la des a beber a la criatura que escojas y la transformes en lo que desees. Como si esto fuera poco, tendrás una vela que al encender te dejará ver lo que hace cualquier persona que te interese. Y, por último, te concederé una flauta de maderas del pantano, labrada por las hadas, para que escuches las conversaciones que quieras oír. Todo esto será tuyo pero debes entregarme a tu hija. Si algún día te arrepientes, devolverás todo y la princesa regresará contigo.

El rey, que estaba fascinado escuchando lo que le prometía el hada, respondió:

—Bien, hada, hagamos el trato. Lo que me propones me parece tan maravilloso que no puedo negarme.

El rey entregó la princesa Fithir a las hadas y éstas se la llevaron a través del pantano hasta aquel lugar en el que habitan. La princesa Darinee lloraba inconsolablemente porque ya no veía más a su hermana y eran muy unidas. Se acercaba a la orilla del pantano y la llamaba gritando sin temor alguno a las hadas. Y bien que debía sentirlo porque a éstas no les gustan las personas de cabello negro, y por ello habrían podido ahogarla en el pantano.

Por supuesto, el rey ambicioso e inconforme nunca devolvió todas aquellas cosas que le fueron otorgadas, y la princesa Fithir, aunque llevaba una vida espléndida en compañía de las hadas, quería regresar a vivir con su padre y su hermana.

Así pasaron los años y todos los de aquel reino murieron: los caballeros, el rey y la princesa Darinee. El palacio fue derrumbado y aquellos magníficos dones que le otorgaron las hadas al rey se esparcieron por el mundo (¡nadie sabe dónde ni entre quiénes!).

Cuentan los que visitan el pantano que algunas noches, cuando ya no pasan estrellas fugaces, se ve vagar a
la princesa Fithir y se escuchan sus gritos clamando por
el padre y por la hermana para que vayan a rescatarla.

Así es como recuerdo esta leyenda, que me contaron
hace mucho, pero muchísimo tiempo.

*Sé que te han contado muchas otras leyendas, pero
la noche ya avanza y mañana será otro día.*

*Apaguemos la luz, cerremos bien las ventanas...
y roguemos para que los sustos también duerman.*

*Mientras tanto, buenas noches a todos, ¡incluso
a los fantasmas!*

Epílogo

Todavía hoy, ya adulta, escucho la lejana leyenda de la Sayona y siento terror, verdadero susto: me asaltan las lágrimas y me debato entre el deseo de seguir oyendo la historia o salir corriendo... Sólo que no soy capaz de hacerlo, porque pienso que en el recodo en que me esconda me toparé con la Sayona haciendo de las suyas. Su presencia te seguirá tal como lo hace conmigo: en medio de una noche de tormenta cerrada o caminando por una calle solitaria.

La Sayona, la Patasola, el cura sin cabeza, provienen de la tradición oral de los pueblos latinoamericanos. Si tratamos de encontrar el lugar exacto en el que se originaron estos relatos, sabremos que en realidad pertenecen a todos nuestros países, tanto como el susto, el miedo, el terror y las ganas de salir corriendo mientras estamos atrapados en estas fascinantes historias.

Las leyendas acá reunidas pertenecen a muchas culturas del mundo: al pueblo alemán, pero también al pueblo español; al pueblo colombiano y al venezolano, entre otros. La razón por la cual todos estos relatos conviven en un único libro es que forman parte de la mejor tradición popular, y en todos, de una u otra manera, está presente el susto como uno de los sentimientos humanos más ancestrales y universales de cuantos existen.

Espero que cuando se encuentren cara a cara con la Patasola sepan cómo sortearla pronunciando las palabras que la alejan; o que al salir tarde de casa y escuchen un llanto desconsolado, lejos de detenerse, recuerden quién llora así y por qué hay que apurar el paso... si es que quieren salir bien librados.

María Fernanda Paz-Castillo